# LES ENFANTS DE LA SALAMANDRE

RENAUD · DUFAUX

**MCMLXXXVIX**

© DARGAUD BENELUX 1989

Tous droits de traduction, de reproduction et
d'adaptation strictement réservés pour tous pays

Dépôt légal d/1989/2377/374
ISBN 2-87129-057-1
Imprimé par Proost en septembre 1989

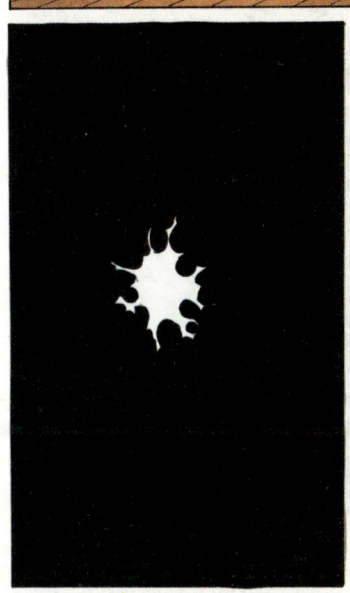
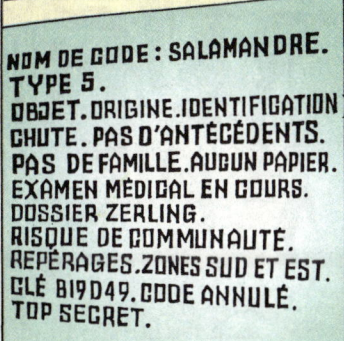

NOM DE CODE : SALAMANDRE.
TYPE 5.
OBJET. ORIGINE. IDENTIFICATION
CHUTE. PAS D'ANTÉCÉDENTS.
PAS DE FAMILLE. AUCUN PAPIER.
EXAMEN MÉDICAL EN COURS.
DOSSIER ZERLING.
RISQUE DE COMMUNAUTÉ.
REPÉRAGES. ZONES SUD ET EST.
CLÉ B19 D49. CODE ANNULÉ.
TOP SECRET.

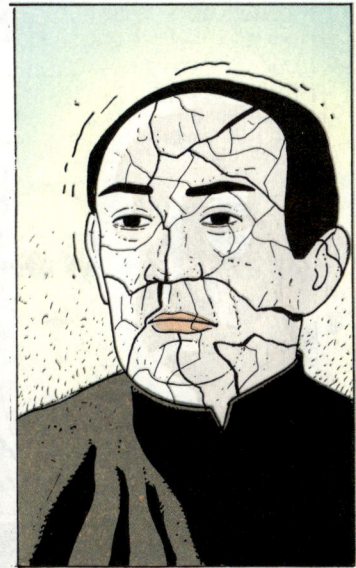

# RISQUE DE COMMUNAUTÉ.

"...COMPRENEZ-VOUS MAINTENANT POURQUOI JE VOUS AI APPELÉS...? POURQUOI J'AI VOULU QUE VOUS SOYEZ LÀ...?"

"LE DOUTE N'EST PLUS PERMIS À PRÉSENT. DANS TOUS NOS TEMPLES, À LA MÊME HEURE, AU MÊME JOUR LA STATUE TANT VÉNÉRÉE DE NOTRE GUIDE S'EST BRISÉE COMME PULVÉRISÉE PAR UNE FORCE DÉMONIAQUE..."

"...ET, CETTE FORCE DÉMONIAQUE, NOUS POUVONS LUI DONNER UN NOM... MÊME S'IL EST BLASPHÉMATOIRE DE SIMPLEMENT PENSER À ELLE, MÊME SI CELA NOUS PARAÎT INCROYABLE, IL NOUS FAUT ENVISAGER SA VENUE PARMI NOUS..."

"!!"

"FRÈRE ACHAB, VOYONS... CE... CE N'EST PAS POSSIBLE!! S'IL EN ÉTAIT AINSI, TOUS LES EFFORTS DE NOTRE COMMUNAUTÉ POUR ENDIGUER LE MAL N'AURAIENT SERVI À RIEN...!"

"LA SALAMANDRE A VOMI SON FIEL LE PLUS NOIR, LE PLUS EMPUANTI... LE DERNIER DE SES ENFANTS..."

"...LA BÊTE DE L'APOCALYPSE, MARQUÉE DU SCEAU MAUDIT. ARKADIN SERA SON NOM ET NOIRS SERONT SES CHIFFRES..."

"...MALHEUR À CELUI OU CELLE QUI CROISERA SON CHEMIN!!!"

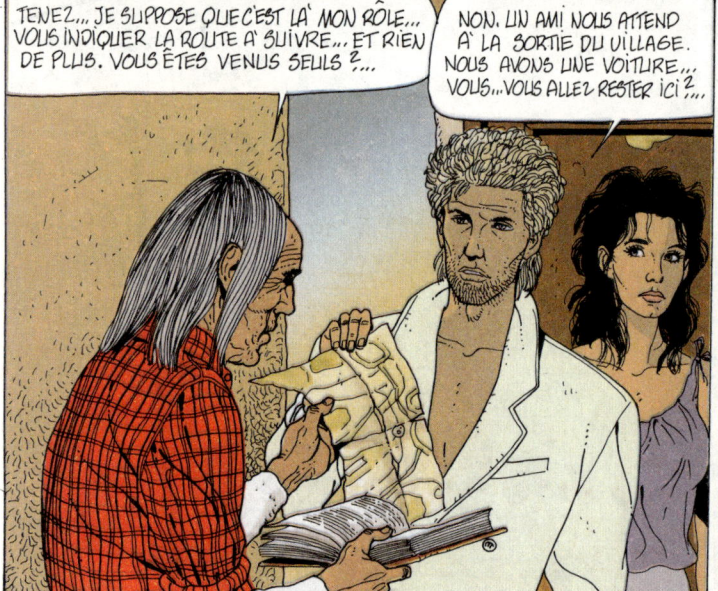

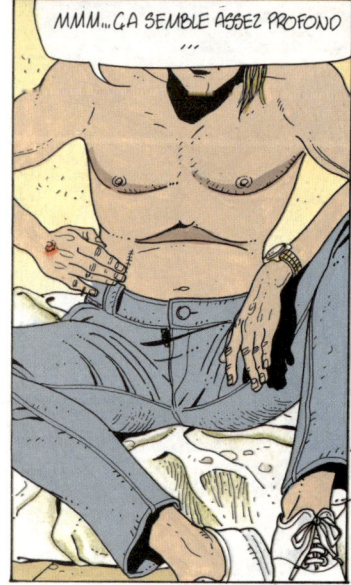
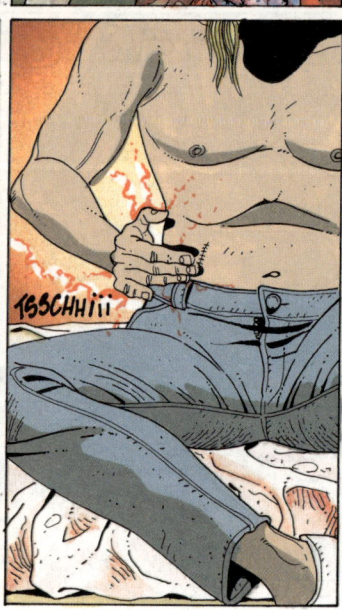
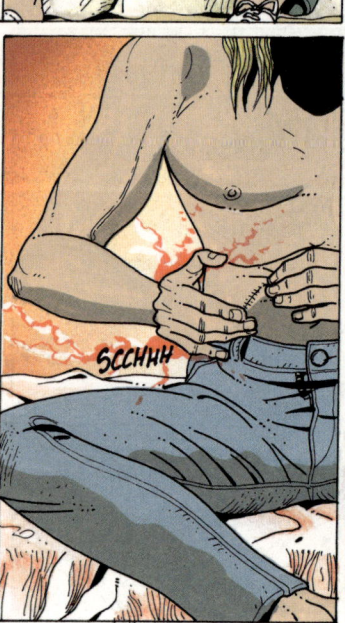
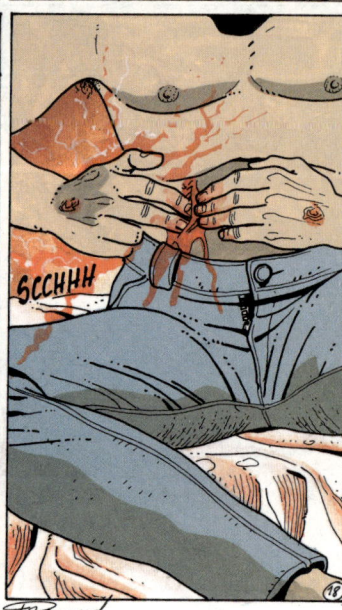

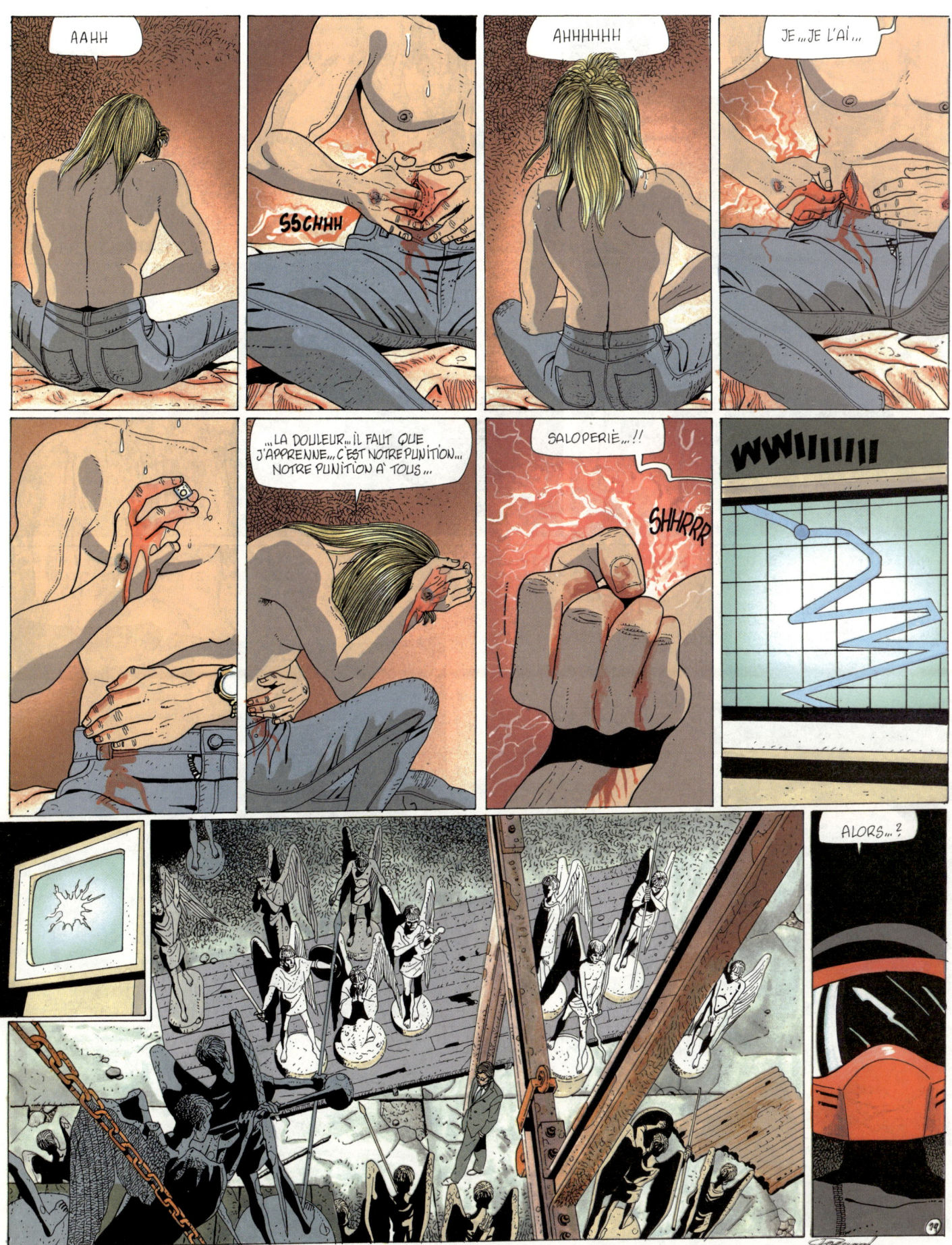

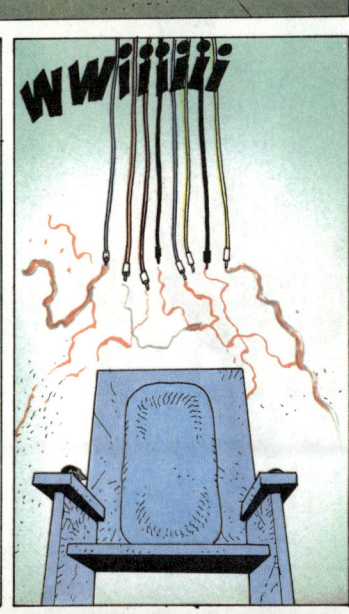
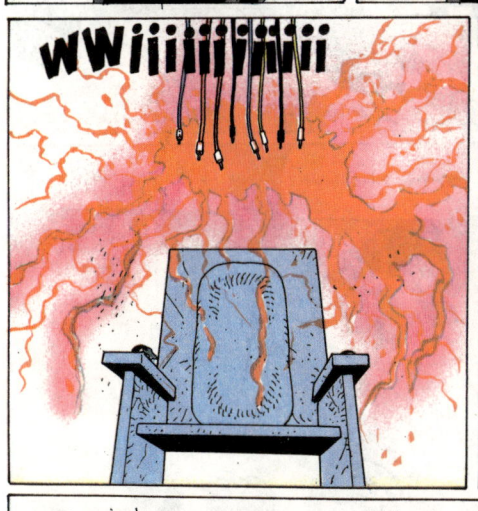
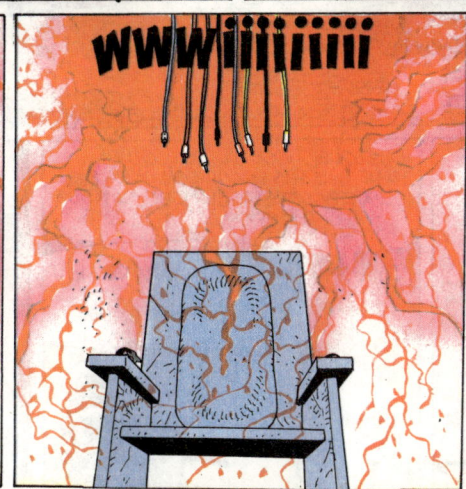

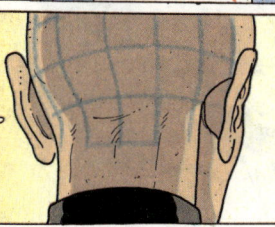

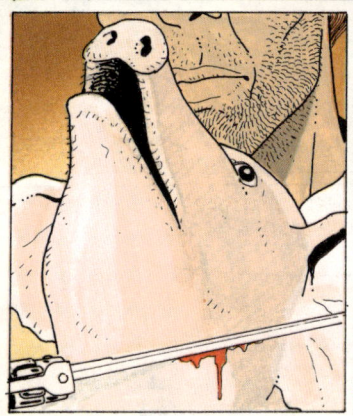

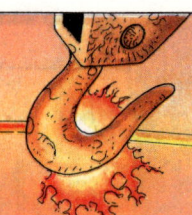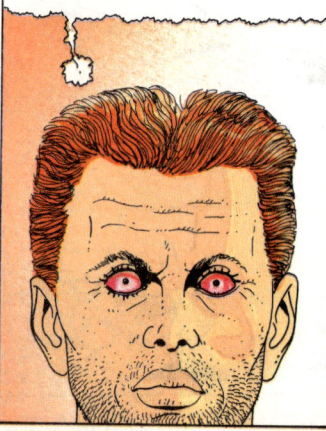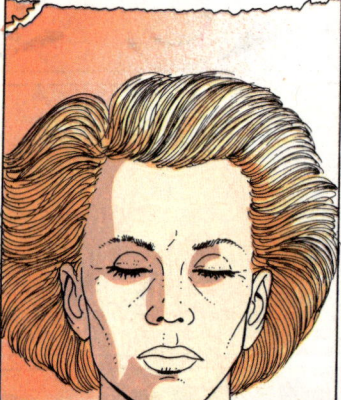

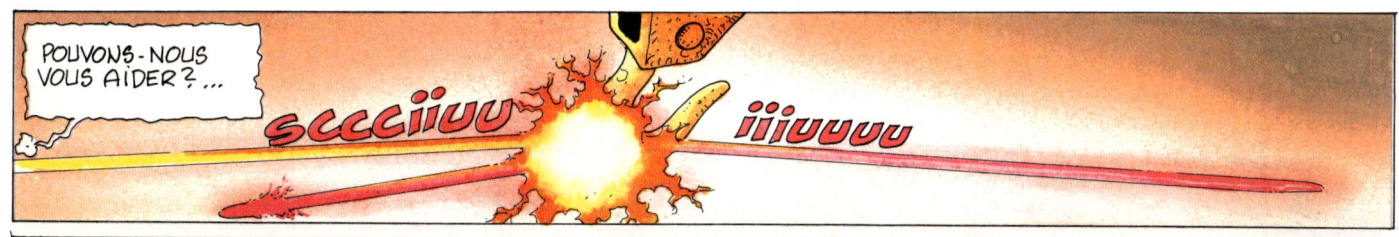

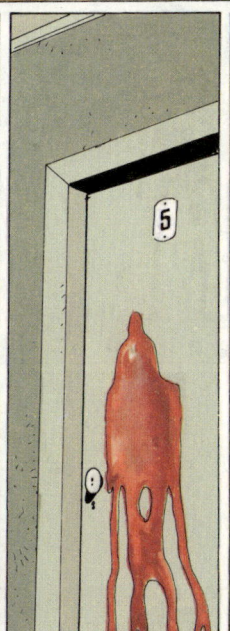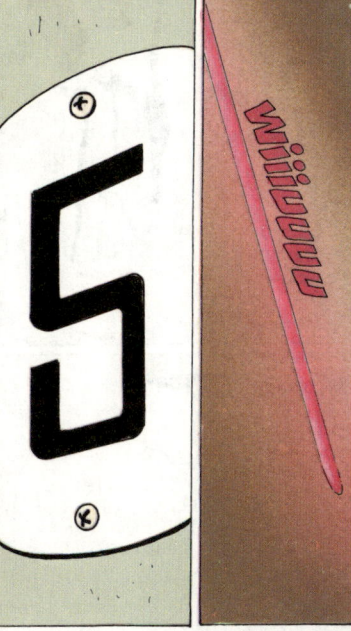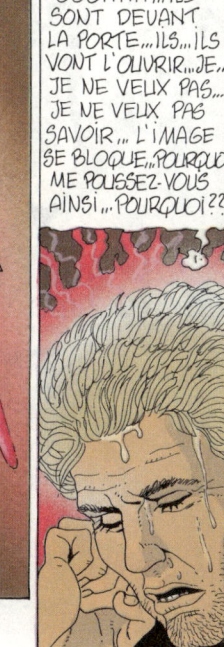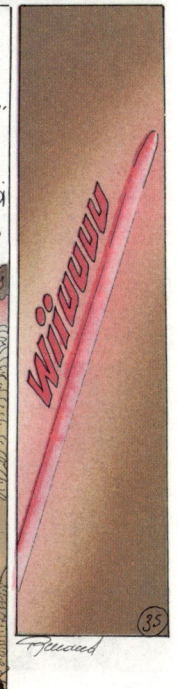

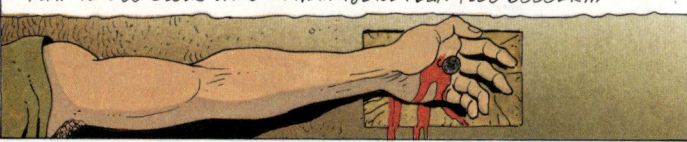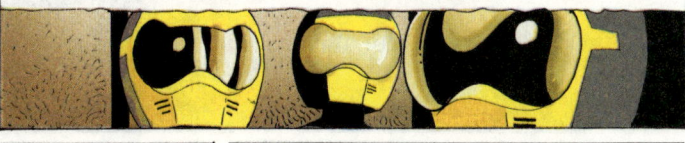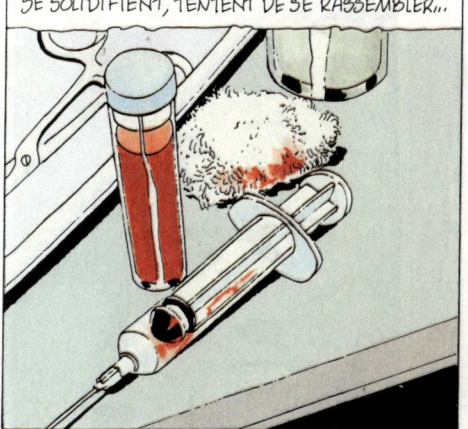

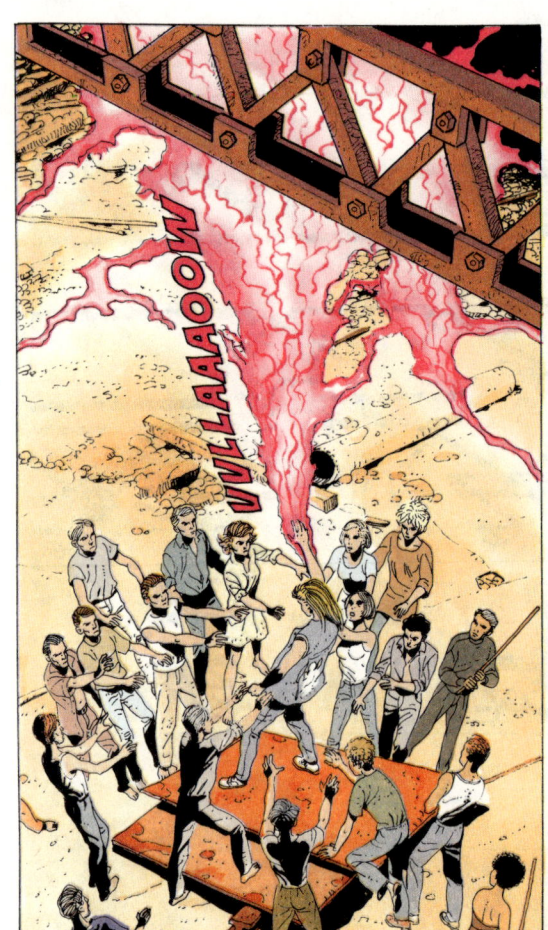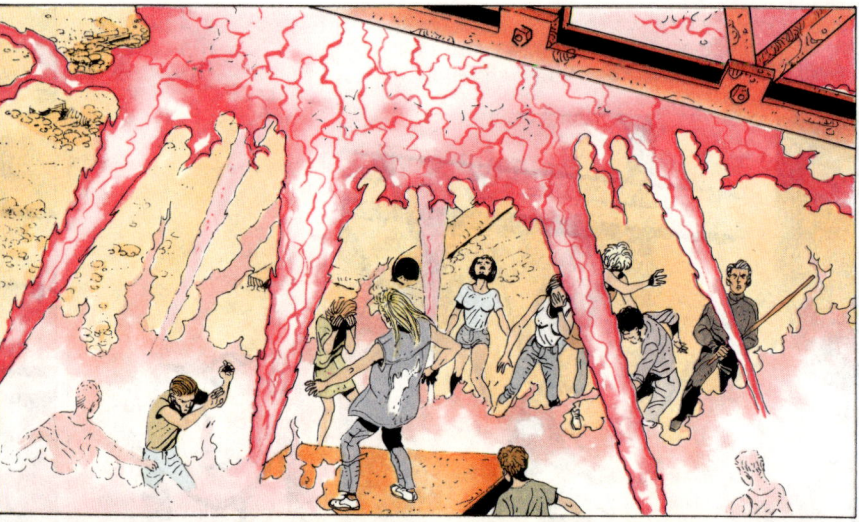

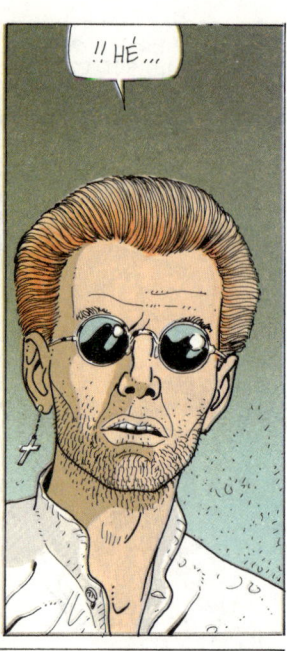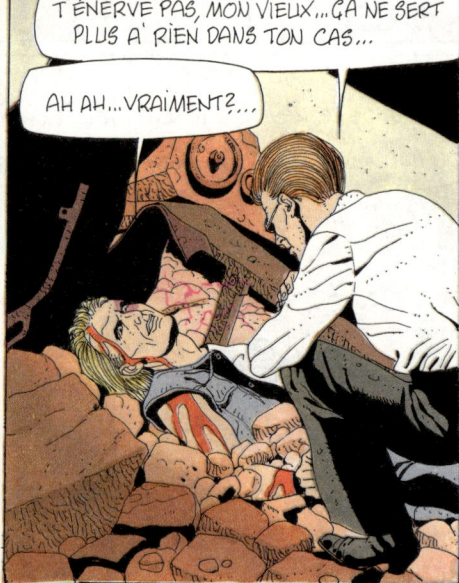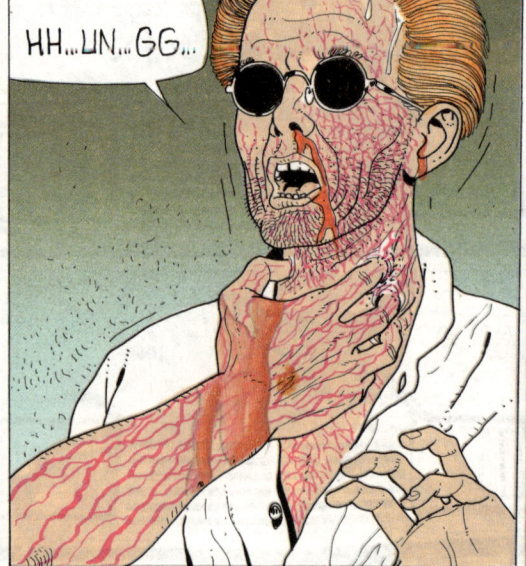